空には涙桜が

河村優々
KAWAMURA Yuyu

文芸社

目次

空には涙桜が

空には涙桜が

六年生になって転校した。

沙江子《さえこ》は、下を向いて歩く子。

床屋へ行くと首筋の神経が異常に反応してしまいどうしても行く気にならない。

髪を三つ編みにして欲しくて母に毎朝「早く」とせがむ。

転校一日目。

「佐藤《さとう》沙江子さんです」

紹介してくれたメガネを掛けた若い男性教師。

「…………」

沙江子は、一礼だけする。

沙江子は暗い子ではない。かといって朗らかな子でもない。一日目で、この若い男性教師に気に入られる子供ではないと感じていた。

国語の時間。

「佐藤さん、じゃあそこから読んでください」

沙江子は、得意の音読でクラスの隅々まで届く声で読んだ。

「うーん、あなたはイントネーションがおかしいね」

と先生が言う。意味が分からない。

「……。ハイ」

何ですかそれと聞き返したかったが悲しくて聞くことをやめた。

読み方がおかしいんだね、先生ごめんなさいと心の中で呟く。

家に帰って母が、

「どうだった？　なかなか良さそうな先生だね」

「うん」

国語が駄目なら音楽がある。ピアノなら弾ける、そう思って自分を勇気づけた。

体育館でみんなの前で伴奏した。

次の日、先生の代わりに音楽の時間伴奏した。そして次の日も次の日も伴奏した。

でも、テレビ放映のときには、代表に選ばれなかった。

よく発表し成績が良く目立つ良い子を先生が選んだ。

地方放送局で学校を選び、学校の中から選び抜かれた優秀な生徒たちの合唱を放送していた。人前駄目、下を向いて歩く子、暗い感じの沙江子。

授業中自ら手を挙げて発表したり、教師と仲良く会話などとてもできない沙江子だった。国語駄目、音楽駄目、じゃあ一体何をすれば母は褒めてくれるんだろう。母を笑わせたい。明るい生活をしてもらいたい。

そこで思ったのは絵。

前の小学校で先生は、絵を教えてくれた。

そうだ絵は他の先生が選んでくれている。

沙江子の横にはいつも猫のミィが座っていた。猫のミィをストーブの前に座らせ猫いてみた。「愛情いっぱいに描いていますね。猫の表情がとても良い作品です」特選になった。先生たちの評価である。

ミィに知らせても無反応。ミィはいつも無反応。沙江子は、母に知らせた。母は「ええ、凄いね。ミィにご馳走あげなきゃね」沙江子を褒めず、ずっと沙江子に付き合ってくれたミィを褒めた。

母は父によく叩かれていた。何故かは知らない。母の泣き顔は沙江子の胸を傷つけていた。

警察官の父は厳格で、戦争での経験も仕事でのことも家族に話さなかった。

父は尋常高等小学校出身で奉公をし苦労していた。母も八人兄弟の三番目でよく働いて家族を助けていたらしい。

父が仕事から帰ってくる時は酒臭く真っすぐ歩けないほど泥酔していた。

よく酒を飲んで帰っては母を引っ張り出して殴っていた。姉が止めても続いた。

沙江子は毎晩声を出さず、布団の中で震えながら泣きじゃくっていた。

町の祭りで父の背中におんぶしてもらおうと首に掴まった。そのまま首にぶら下がると父は苦しそうにうなり声を上げた。
爽快である。もっと苦しめばいい。
沙江子は小学校低学年で父に殺意を持ってしまった。
学校で冴えない子、家庭生活陰湿悲惨で暗い生活。
しかしながら猫のミィがいつもそばにいて励ましてくれる。夜遅く寝静まってから
ミィがネズミを連れて帰ってきて沙江子にプレゼントしてくれる。
沙江子は飛び起きて、「ギャー、助けてお父さん」と叫ぶのである。すると泥酔し
ている父は、ホウキを持って来て、まだ動いているネズミを追い出そうとしたり、酔
いが消えるくらい一生懸命ネズミを殺そうとする。

そんな暗い小学校六年を経て、さぁ中学校に入学である。
桜の咲いている校門を母と一緒に歩いた。うれし涙が次から次へと溢れてくる。
そっと母に気づかれないよう涙を手で拭う。大空には桜の花が風に吹かれて舞って
いる。

「涙桜だ！」

そう沙江子は、小声で呟いた。早く大人になって父を殴ってやろうと心に決め、一歩一歩大地を踏みしめて前へ進んだ。

沙江子は三つ編みのおさげ髪であった。

クラスの女子生徒の三分の一はおさげ髪。

先生は草薙《くさなぎ》先生。

「おっ、よろしくな」

みんな「フフ……」

この先生も私を暗くする先生かなぁ。沙江子の心の傷は深い。

何をどうやっても褒められることはない。

逆に自信喪失の言葉、友達も数人、いや隣に住んでいる女の子が友達といえば友達。

同じ年齢のおさげ髪の女の子、抜群の運動能力と明るく優しく活発な女の子。

沙江子と真逆な性格の彼女は楓《かえで》ちゃん。

楓といると沙江子は楽になる。友達も増えていくように思えた。

先生によく褒められる楓を得意に思う沙江子がいた。それで良かった。それで……。

クラスの、ある男子生徒を目で追いかけてしまっている沙江子がいた。その男子生徒は、沙江子が整美委員でよく「教室にお花を飾りたいと思います。みんなの家の庭に咲いているお花、どんな花でも構いません。持って来てください」とクラスのみんなに呼びかけると、可愛いマーガレットを花束にして持って来てくれる徳間《とくま》である。

いつもクラスの先頭に立ち、決めごともクラスの進行も、要するに委員長というやつ。立派ですごいと思っていただけなのに一度目が合ってしまって意識してしまって、目が合うと心臓が飛び出すくらいバカスカ音が鳴っている。

彼とクラスが一緒だと思うと毎日が楽しくて、沙江子にも明るい未来があるかもと思うようになった。

しかしながら、突然隣の楓ちゃんが引っ越してしまったのである。

寂し過ぎて、また沙江子の人生は中学一年で暗闇の世界に戻るのかと自分自身で心の暗闇へいざなってしまっていた。楓がいないと思うと誰と話をしていいものか分からなかった。無口な毎日が続いた。

沙江子の席の前に高木君《たかぎ》がいた。

高木君の椅子に足を乗せてしまっていたことに怒っている高木君は、沙江子が廊下を走ってくると右足を出し、沙江子を蹴躓かせた。沙江子は廊下に叩きつけられ呼吸ができずその場に座り込んでしまった。

苦しい！　誰かに助けてとそう叫びたかったが声を出せなかった。

悲しくて寂しくて辛かった。楓ちゃんに逢いたいな。また暗闇の世界へ行くんだね、私。

先生に呼ばれた。

「何かあったの？」

「私が高木君の椅子に足をかけて高木君がそれを嫌がって私に注意してきたんです。だから椅子のほうには足をかけず、自分の机に足を置いてたのに、また足をかけただろう!!　と怒って蹴躓かせてきたんです。でももう何もなかったことでいいです。高木君を叱らなくてもいいです」

「いや、徳間から聞いて徳間も心配していたから」

「はい、すみません。徳間君にも謝ります」

「徳間は家に帰ったから明日にしたらいい」

「はい、でも今日謝りたいです。みんなに心配かけてすみません」

「うーん、じゃあ徳間に電話しておくから」

沙江子は、家のほうまで行こうとは思わないが余計なことを先生に話をしてしまう徳間に少しウザッと思った。

沙江子は、でも泣くことも弱音を吐くこともなかった。

高木に対する怒りが爆発していた。


十三歳の女の子に暴力を振るうとは情けない。

暴力で世界征服でもする気？

暴力で自分の気持ちが収まるの？

君よりも弱い女子を殴ることを誰が許すの？

みんな仲良くビートルズを歌おうよ。

ジョン・レノンとポールが作った歌。

マリアが聞く歌。優しくてポトポト涙が出るよ。それは『レットイットビー』。

「徳間君、ありがとう、そしてごめんなさい、心配かけてしまって」

玄関前で頭を下げて逢わずに帰ろうとした。徳間の母親が出てきてしまい、沙江子は慌てて「徳間君に謝りたいと思って来ました」と言った。

徳間の母は困った様子で、

「まだ帰っていないんですよ」と心配そうな声で伝えた。

「あっ、はい。私、前の人の椅子に足をかけてしまって、注意して自分の机のほうへ足を置いていたんですが喧嘩になってしまって、みんなに迷惑をかけてしまいまして、徳間君が心配してくれて先生に伝えてくれたんです。それで心配してくれてありがとうと伝えて欲しくて、すみません失礼します」

徳間君のお母さん意味分かったかな。結構むずかしいかも、と思いながら沙江子は逃げて帰った。

ミィに伝えた。

私の人生終わったよ。今まで最悪の日々だったけど、今日のは最悪の二乗だよ。後はミィと楽しく生きていこうねミィ。

「ミャー」

猫のミィは逃げてしまった。


草薙先生の授業は国語。

なかなか楽しく勉強できる。席替えをしてくれるというのでこの先生、好きな人の名前を書くための紙を全員に渡された。沙江子は迷わずに『徳間君』と書いた。

徳間の周りは女子が囲んでいる。

〝すごっ!!〟この周りの女子全員、君狙いなんだね。

修学旅行で大変なことが起きた。

可愛くってスポーツマンで誰からも好かれていた玲《れい》ちゃんが、男子生徒と二人で布団に潜っていると女子の中から口伝えに流れてきた。実際は二人だけではなかったらしい。後からもう一人潜ってきた。

「楽しんでいるんじゃないの」

みんなは薄笑いをしている。

沙江子の部屋にも男子生徒が入ってきていた。布団を敷いてリラックスしているところに鳴り物入りで入ってきて男子生徒が女子といちゃついている。その姿を見て憤りを抑えられず先生に「部屋に男が入ってくるよ」と伝えた。

先生たちは「分かった。調べてみるから」と部屋中のドアを開けて回った。

玲ちゃんは、泣いていた。

あんなに明るい玲ちゃんは、大声で泣いていた。

「大丈夫か？」

先生たちが声をかけると玲ちゃんは、

「みんなふざけていると思っていた。口を押さえられて手を押されて、やっと助けてくれる人が来てくれて」

また泣いた。涙が次から次へと流れていた。

女子生徒全員、泣いた。

誰か女の子が、

「お前ら、覚悟しておけ！　絶対許さない」

剣道部の女子であった。大声で怒鳴っていた。

沙江子も女子全員も許さない。止められなかったんだ。震えていたし怖かったし、後でいじめられるから。

騒がしい声がしたらしく、先生より先に部屋に入って玲を助けてあげた男子生徒もすごい。

剣道部の女子は尊敬してやまない。

沙江子は玲に声をかけることもできず、襲った男子生徒を怖いと思うばかりで下を向いて何もできずにいた自分に自暴自棄になった。

何故震えるんだろう。

父の暴力を見ているからだろうか。

男性を敬遠し始めている沙江子がいた。

ジョン・レノンは優しい、けど妻と別れている。

だからビートルズなのよ。沙江子はビートルズナンバーをピアノで弾くことが大好きだった。幸せになる『レットイットビー』が特に好きな沙江子は歌いながらその歌を弾く。

困った時、
聖母マリアが私のところに来る♪

玲ちゃんには聖母マリアが来るよ。

沙江子はそう叫んだ。心の中でそう叫んだ。

そして男子生徒に叫んだ。

優しくなろうよ、みんな。

ビートルズを歌おうよ。


そして中学三年生の時、沙江子は放送委員になった。

その隣の空室に生徒会室ができ頭脳軍団が集合する。この中に徳間がいた。ガラス越しの部屋。

沙江子は弁当を食べながら放送室に缶詰め状態で機械の操作と読み方を頑張っていた。

母が作ってくれた見た目美しくない弁当を食べるのに最適な場所でもあった。

沙江子がいつものように一人で弁当を食べていると、どうしたことか徳間と女子一人がドアを開けて入ってきたのである。女子は例の玲であった。

母の作った弁当は人に見せるほど体《てい》のいいものではなく、色使いも悪く茶色で魚の匂いの嫌いな人は絶対沙江子をも嫌いになる。

沙江子は慌てて蓋を閉めた。

「あっお邪魔だった？　ごめんね」

可愛くて愛らしい人気の女の子。成績優秀スポーツ得意。徳間君と笑うことができるんだ、いいね。

沙江子はまた暗闇の世界へ進んでしまった。二人がドアを閉め去っていった後、目からポトポト涙が落ちてきた。

ミィの出産があった。五匹産まれた。他の人が手を入れると〝フッー〟と怒りだす。

ミィは頑張るね。女子猫は強い。


ある時沙江子にもチャンスが来た。徳間一人の時、同じクラスの学級委員長の男子と一緒にガラス越しの部屋に入っていった。

「何してんのかな」

何をしていても別にどうでも良かった。

しばらくの沈黙の後沙江子と徳間と二人きりになってしまう。

「じゃ頑張ってね」と言い残し離れた。

胸の高鳴りを感じながら会話の言葉を探したが見当たらない。

その頑張ってねの声を出すのが精一杯の行動だった。

徳間は柔道部に籍を置いていた。

体育館で試合があり通りすがりに見てしまった。徳間の試合は見ることができない。

一本背負いも寝技も勝たなくていいよ。徳間君と叫びそうになるからである。試合の途中で沙江子は逃げてきた。と、徳間が追いかけてくるように思えた。追いつかれたら「すいません。応援しないで。私見ていられません」って謝まるつもりで後ろを振り向いた。いる訳ない。追いかけてもこない。

教室に戻って帰宅準備をしていた。すぐ徳間が柔道着姿で教室に入ってきた。息遣いも荒く沙江子は違う徳間を見てしまったようで怖かった。

何も言わずカバンを握って小走りに教室を出てしまった。


沙江子は文化部員。

ブラスバンドに入部していた。三年間重い楽器を運んでは嫌気が差していた。家に帰るよりまし、さらに他に残っている三年生を見ているとなかな辞めると切り出せずにいた。

野球部の県大会で応援に駆けつけた。

県大会は一回戦敗退。

田舎から朝早くバスで駆けつけたにしては、あっけない幕切れである。

帰りのバスには、野球部の他応援部とブラスバンド部員、先生が乗っていた。

沙江子の隣には里美《さとみ》が座っていた。

なかなか人気があって声をかける男子生徒も多い。野球部の男子が「里美、こっちに来て座らない？」と声をかけてた。

里美は沙江子に気を使い「ここでいい」と声を張り上げた。

沙江子は「いいよ、里美、行っていいよ」

里美が頭を振って行かないよの意思表示をした。

里美はブラスバンドの男子生徒と仲が良く、よく二人で楽しそうにしているのが気になって、

「あのサァ、勝ったらいろいろ協力してあげたいけどサァ、朝早くから応援してあげたのに一回戦で負けたんだから、静かにしてたほうがいいんじゃないの」

そう沙江子は、自分でも訳が分からなくなる意味不明の叫びを上げてしまった。

野球部顧問の先生が、

「はい、すみません」と助け船を出してくれた。

全員ゲラゲラ笑いその場は済んだ。

沙江子は乗り物に弱かったためバスの中では常にぐったり寝ていた。

里美は沙江子が寝ていると思い、そっと呼ばれたほうへ移動した。

その中には徳間もいた。

沙江子は〝いいよ、里美〟と心の中で叫んで、こらえていた涙が流れてくるのが分かった。皆に知られることのないように、何事もないように手で涙を拭いたが止まることがなかった。すると男子生徒のすすり泣きが聞こえてきた。野球部の男子。一年生の時沙江子に誰か好きな人いる？　と聞いてきたやつ。『徳間君』と書いた紙切れを渡してしまったやつだった。

沙江子は「泣くなよ、泣くのは沙江子一人でいいよ」と呟いた。


スポーツ部は目に見える厳しさ。

文化部は目に見えない厳しさ。

沙江子は文化祭である決断をした。自分が放送委員になったのは、こんなに苦労している仲間のため、そして自分のため、親に気づいて欲しいから。

沙江子は放送委員をクビになる覚悟で全校生徒、先生及びPTAの皆々様に伝えた。

「私たち文化部員は、先生及び先輩の厳しいご指導の元、日々一生懸命練習に取り組み、コンクールやこの文化祭目指して頑張ってきました。どうぞ皆様の温かい応援の拍手をお願い致します」

感激の温かい拍手。

涙が出そうなくらいの大きな拍手。

みんなへのメッセージ。

がんばれ文化部！

高校は女子校。活発な女子が何人もいて頭脳明晰、聡明かつ優しい美人軍団。

世界に羽ばたいて活躍する未来が見えてくる。沙江子は全て頑張った。男のいない世界。

大学へ行き父と対等に話ができるように頑張り続けた。

母と口喧嘩をしている父を見て母に加勢を始めると父は母を殴り始めた。

沙江子は父を叩いた。沙江子も叩かれた。

幼い頃、怖くて震えて布団の中で声を出さず泣きじゃくっていた日を思い出す。

「お前は男か」

と怒鳴ってくる。

「女だって叩くよ。だったら暴力やめなよ」

沙江子に涙はなかった。

「言葉で戦えよ」

父には吃音症があった。

だから手が出てしまう。

沙江子は、この尋常高等小学校卒業の夫婦が哀れに思えてもう父も責めない、母も責めない。そう心に誓ったが暴力をとめる必殺技を身に付ける必要があると察した。


そして二十歳。

沙江子に二歳年上の彼ができた。

その彼、正平《しょうへい》とよく本の話をした。沙江子が、

「私に簡単ですぐ読めておもしろい本、何か紹介してください」

そう聞くと、

「遠藤周作の〝わたしが・棄てた・女《ひと》〟なんか結構おもしろいし感動すると思うよ」

と紹介してくれる。

遠藤周作の本は難しいと思っていた。読んでいるとデリケートな正平が目に浮かんでくる。彼と話をしていると気持ちが安らぐ、なんて優しい会話だろう。バラ色の人生はここから始まる、そう思った。

女子力強めの猫のミィに、私も結婚し子供五人産むぞと伝えたかったが、もう彼女はこの世にいない。

自分一人で決めて行くよ。ミィ。

私の人生だもの。

沙江子二十六歳の時一本の電話が鳴った。

「沙江子さんですか。俺、中学の時の同期生で石井《いしい》と言います。知らないと思いますが柔道部だったものです。今度同期会が七月二十日にあります。来て欲しくて電話しています」

「知っています。石井さんありがとうございます。でも仕事休めなくて……ごめんなさい」

「何の仕事ですか?」

「ピアノ教えています。もうすぐ発表会があって休めません。子供たちに自分のほうから休むとは、伝えられません。できれば二十歳の成人式の後呼んで欲しかったです。できれば」

「……そうですか。残念です。失礼します」

「ありがとうございました。すごくうれしかったです」

沙江子は一瞬徳間を想った。彼も柔道部。徳間が電話の向こうにいる、そう直感した。私を呼ぶのだったら自分でかけてよ! そう叫びたかったが石井の独断らしいことは後で知った。学生の頃、従兄弟から教えてもらったことがあった。

「沙江ちゃんと同期の子と俺同じ大学で仲良くなっちゃったんだ。その人が沙江ちゃんに憧れていたってよ」

「あっそう」

気のない返事でごまかした。

誰だろう。名前を聞かずにいた。

町でばったり同期の女性に会った時、気づかれないように徳間の進学先を尋ねて驚いた。従兄弟と同じ大学で法学部。

そんなはずはないでしょ。

えっ、自分を好きでいてくれたの？

期待をするのは、やめよう。それに法学部。弁護士への厳しい勉強が待っている。邪魔をしてしまう。そうすると暗闇の世界へ戻ってしまうようでやめよう。

初恋は大事に心の中に仕舞っておいたほうが幸せ。沙江子の心の片隅に徳間を押し込んで明るい世界へ飛び立った。

二歳年上の彼、正平と一緒になった。

話をよく聞いてくれる。

沙江子のことを大切に思ってくれる。

不可能を可能にしてくれる、と信じて沙江子は一緒になった。

結婚一年目、妊娠し正平の優しさが伝わってうれしかった。

結婚二年目、子供が可愛くて二人の世界は楽しくて、正平がすてきで沙江子の世界はバラ色に包まれていた。

でも長く続かなかった。

少し苦しく少し辛くなってしまった。

正平の帰宅が遅くて子供と二人で暮らしているよう、でもこれが結婚生活と言い聞かせ頑張った。

二人目も男の子。休みには公園や動物園に行って楽しむ。それが結婚生活のはず。

しかし正平は沙江子に冷たい。

仕事で疲れている正平と子供に疲れている沙江子、喧嘩は避けたい。

避けずに大声出して怒鳴り合い罵り合ったほうが蟠《わだかま》りもストレスも消えていくのだろうか。正平がイライラしている。

沙江子の一言一言が気に入らないらしい。

「良太をお風呂に入れてくれる？」

「えー、今？　仕事から帰って疲れているんだよ」

「うん、ごめん、じゃあ私が入れるから風呂上がりお願いしてもいい？」

「うーん、しょうがないな、分かったよ」

「あっいいよ。全部私がやる。ゆっくりしてて」

夫が、正平が家庭を嫌がっている。そう気がつきだしたのは三年目からであった。

それから何日かして正平の会社の事務の女性がアパートのチャイムを鳴らした。

「私に正平さんをください。お願いします」

「何、どうして、あなた……。一体何を言っているの、分かっているの何を言っているのか？　いつからの付き合いよ」

逃げていった。あの女。逃げた……でも。あいつにあげてもいい。あの冷たい男。

世界中の女性を集めてプラカードに非暴力、浮気者は出ていけと書いて天高く掲げて町中を行進してやる。

沙江子は狂ってくるのが分かった。

子供がいる、しっかりしないと自滅してしまう。

正平から女のことを聞いた。

「子供ができたら沙江子がイライラして自分の居場所がないと思った。仕事で帰ってもゆっくりできずどこかへ行きたくなって彼女の所で休んでしまった。申し訳ない。すまない」

〝うん〟というわけにはいかなかった。

男は女に罪を被せる。最低な生き物、とその時沙江子はそう思ったが自分にも優しくしてくれる人がいたら多分そうする。

手切れ金を渡したらしい。

正平は優しくなった。初めのうちは。

相変わらずまたあの冷たい言い方と態度が続いた。

子供たちが成長し正平四十五歳の時、正平に病魔が襲ってきた。胃潰瘍の手術をし五十歳で肺癌になってしまった。

片一方の肺の半分を切除、夫は仕事でばりばり働くことができないようだった。

沙江子のバラ色の人生は手の届かない所にあり、暗闇の世界へ突進しそうで不安が募った。生活も困窮し夫は病気、子供たちにはお金がかかる。

沙江子は、朝から夕方までスーパーで働き夜は介護施設で働いた。

結構楽しい。みんな一生懸命生きているから楽しい。暴力はない。暴力のない世界なんだ。沙江子が初めて気づいた世界。

子供たちも高校入学してすぐアルバイトを始めてくれた。

少し幸せの兆しが見えてきたように思えた。正平もまた働くと言ってくれた。

だが、新しい職場で二、三ヵ月すると具合が悪くなってしまう。

やはり無理なのだ正平には……。

神経が細くてデリケートだから。

若い頃から本ばかり読んで沙江子に説明してくれる。その時の正平が大好きだった。

正平は田舎の両親の元へ行き、両親から生活費を調達し静養し続けた。がしかし、それから三年で食事を受けつけず亡くなってしまった。

沙江子は幸せだったのか分からなかった。

学生時代のバラ色の一時、しかし家庭では正平の冷たい言葉に戸惑い我慢をし生活苦との戦い。

家庭生活が暗闇の世界だとは思いたくない。結婚して子供が産まれてすぐ中学の同期会への誘いがあったけど迷いもせずに断った。

そこへ行ったら、もし行って徳間に逢ったら徳間のほうへ流れてしまう沙江子がいた。

〝徳間君には、いい人出来たかな?〟そう想うと寂しさが押し寄せてくる。

一度裏切られると人生が狂ってしまう。

沙江子の友達に夫の浮気で半狂乱になり、自らの命を絶ってしまった安子《やすこ》という女性がいる。

毎日フラフラになって魂の抜け殻のような体になってしまい精神病院に入院してい

った。子供もいるが子供には神経が行かず、夫と浮気相手の女のことばかり頭の中にあった。

悔しさと寂しさと辛さに絶えられず一日中ベッドの中にいた。

そして自らの命を絶ってしまった。

精神力の弱さは肉体をも滅ぼしてしまうとは。沙江子は子供のため生きないといけないと思ったが、でも体は宙に浮いているようで辛い日々が続いていた。

沙江子は子供の頃から切り詰めた生活に慣れていた。体が壊れると思うほど働いた。

そこには暗闇の世界はない。自由と貧困が隣り合わせの世界。

姉から少しお金を借りた。姉から借りても返すことができない。

姉が命令口調になってくる、がしかし我慢しかない。

親も姉が面倒見てくれていた。

母は認知症、父は暴力。でもここは姉の家だから二人にとってはここで良い。

沙江子は頭を下げ姉の家を後にする。

父にはもう暴力はさせないと姉が言ってくれた。それだけでうれしい。

子供たちは不自由を余儀なくされながらも高校を卒業と同時に働き始めた。

一人はスーパーへ、一人は鳶職。

鳶職の尚人《なおと》が仕事中落ちてしまったと嫁から電話があった。

「えっ、骨折したの?」

沙江子は尚人が軽い怪我だとばかり思っていた。嫁は、続けて伝えてきた。

「それはお医者さんに会って話を聞いてください。私の口からはとても辛くて話せません」

「………」

只事ではないことが分かった。身震いをした。

「お母さんですね。息子さんの手術は成功しています。でも下半身は動かなくなっています」

「治るんでしょ? でも」

「おそらく一生下半身を動かすことは不可能です」

沙江子は声を出せなかった。

暗闇の世界がまた来てしまった。

今度のはどうしようもない。今度のは自分の負け。沙江子の体は宙に浮いてフラフラの状態だった。

尚人は車いす生活を強いられた。

「リハビリを早めに始めましょう」

医者が言う。

「ハイ」

と返事はするが気持ちは沈んだまま。

「ああ正平、どうしたらいいの？　私一人で世の中を渡っていくなんてできない」

そう呟いた。

嫁と尚人の小さな子供。別れたほうがお互いに幸せになれる。でも尚人が可哀相。

尚人は医者の言う通りリハビリを頑張って頑張って生活できるまでになった。

しかし尚人夫婦は別れた。

小さな子供は二歳。

その子は母親である嫁が育てると言ったらしい。尚人は一人で暮らし始めた。

「お母さん、今日友達と飲むから」

車いす生活になってから三年目。

仕事も始めて一人前に飲み会にも誘ってくれる仲間もいた。

頑張っている尚人はすごいと沙江子は思う。

でも時々しょぼくれて帰ってくる。

コンビニで並んでいるのに後ろの人が舌打ちしてきたらしい。少しだけ財布を出すのが遅れたらしい。

「嫌な思いいっぱいするね」

尚人はすかさず伝えてくる。

「道路やデパートで睨みつけられたりツバ吐かれたりする時もあるよ」

「うん、辛いね。嫌なことするね」

悲しくて可哀相でしょげてしまう。

「お母さん、大丈夫だから。仕事しているし仲間いるし」

偉くて頑張り屋で、沙江子は自分の息子とは思えないと目から大粒の涙がポタポタ流れ出る。


沙江子は介護の職業を選んだ。

介護を十五年間ただひたすらやってきた。

十年過ぎた頃自分の担当に俳優のKさんがいた。

奥様のリハビリのための入院で、Kさんは毎日朝から夜まで奥様のために通われていた。椅子に腰かけ、ずっと座り込み担当の職員のすることを毎日見ている。

自宅へ戻られた奥様に同じようにしてあげるのだろう。
二、三日して椅子に座っているKさんに沙江子は恐る恐る言ってみた。
「あのー。奥様は私たち職員が見ています。朝から食事も取らず夕方までいらっしゃるのはお体に悪いです。少しご自宅で休まれたらいかがですか？　お昼も食べられていないし」

Kさんは、

「俺は大丈夫、飯も帰ったら食べます」

確かにそうでしょうけれどあなたのほうが早く倒れそうで……。そう反論したかったがやめた。

「そうですか」

奥様への愛情が惜しみなく、愛しく想われているなんて奥様は幸せです。

人気もある、お金も名声もある俳優のKさんが一人の妻のために人生を棒に振って介護をするんだ。それも妻のためだけに……。

この人の男気溢れる人柄に称賛の拍手と人間Kさんに大絶賛の拍手を心から送りたいと思った。

大岡越前よりもすごいよ。Kさんと叫びたかった。

ジョン・レノンとオノ・ヨーコは「ベッドイン」した。全世界中の人が見守る中で。

Kさんは、自分の妻への愛情を誰に教えることもなく、経験のない介護を妻へ捧げた。

愛情は暴力ではない。

素直な愛情こそが人々を平和に導く。

沙江子は間違えてた、そう思った。

幼い頃から父の暴力に震え誰にも言えず殺意さえも肯定し、自分に対して自暴自棄になってしまっていた。

自分には褒められる要素がなく才能もなく、猫に声をかけるしかない少女。暗く寂しく優秀でもないから徳間を好きになったらいけないんだ。でも好きなことを打ち明けなければいい。足音が聞こえて声も聞こえると心臓が破れそうで、君が女の子と仲良くしていると涙が流れそうで堪えるのに必死だった。

だから打ち明けなければいい。そう想ってきた。私たち、間違えてしまったんだ。

恋愛なのかどうか分からなくてお互いを責めて憎しんでしまったらしい。

自分を傷つけることが怖かったんだ。

十三歳の時からどう気持ちを分かってもらえるかそればかり想っていて、その先も分からない。

でももう我慢はいらない。

ミィはいなくなり親もいない。

息子たちは自分より偉い。

沙江子一人……。

暗闇の世界で頭を下げて涙をポトリポトリ流していた女の子。

沙江子に同期会の話は近頃届いたことがない。学生の時のみんなはどうしているものか知りたいと思った。

近頃は便利なものができ卒業した中学を見ることができる。

来年はもう中学は廃校になり三校が合同になることを知り沙江子は慌てた。

卒業した大きな中学校がなくなってしまうとは寂しい。想い出が交差する。

各年度の同期会の情報があり十七期生のものがあった。

そこに意外にも消息不明の沙江子の名前があり、この人を探しています、とはどういうことなの？　友達にも年賀状出しているのに。

しかし伝わらないものである。

寂しいな、この年で消息不明か。

佐藤沙江子は生きています。

住所と連絡先写メールまで送信してあげるよ。だから消息不明の名前消してよ！って書きたかった。

二日過ぎ一週間過ぎてもまだ消息不明の状態ではないか、早く消去してください皆様。

次の日名前が消え、もう一つ不思議なことが起きた。高木の顔が写った写真が消えていた。沙江子を蹴躓かせた高木の顔入り写メールがクラスごと消えていたのである。

徳間なの？　沙江子は徳間であることへの期待が膨らんでしばらく何も手に付かなかった。

自分が間違っていたんだ……。

徳間の優しさが今頃分かるとは。

自分の意固地な姿勢が自分を不幸にしていたんだ。

同期会に誘ってくれたのに、行って徳間に逢いたいのに、その気持ちを出したら負けそうで哀れで、暗い人生の中に自分を追い込む癖から抜けだせない女。

徳間には家族があると聞いた。

沙江子にも家族がある。でも正平はいない。徳間からの人生への優しいメッセージ。

スマホの中に込められているメッセージ。

それだけで幸せがある。

小さな二人だけの秘密。

十三歳、好きなことを表現できず、愛情表現とはいったいどうすれば良いのか皆目見当が付かなかった。

卒業式の別れに従わなければいけなかった十五歳。

あなたと逢えるのは明日？

それとも名前も顔も想い出せなくなった日？

沙江子は母を想った。

桜の花の下、校門を母と歩いてボロボロ涙が出て母に気づかれないよう手で拭き取ったあの日。うれし涙に見えたに違いない。

あなたは、桜の花より綺麗で、優しくて自慢の母だった。でもあなたが気の毒で可哀相で泣くしかない自分がいたのよ。

愛情なんてなかったのよね。女は離婚したら生活ができなくなる時代。

教育も十分受けられない時代の女性たち。

母はそれを知っていたから一緒にいるしかなかった。そういう人生ってあるんだね。

沙江子には暴力の全くなかった正平だった。でもしかしながら言葉の暴力と冷たい態度があった。

息子たちの恋愛には口を出さずにいた。

好きな女の子がいたら言っちゃいなさい。

女の子はうれしいものよ。その愛情を受け取ったら良いものかどうなのか分からないから突っ慳貪になる。

男はそれでも優しくするのよ。そう教えてあげたかったが、愚かなこと。

同期会の招待状が来た。

実行委員、徳間。

中学校が統合し我々が通った中学校の名前がなくなるため、中学の廃校を惜しんで皆で集まりたい。そんな内容。

沙江子に迷いはない。出席。

徳間に逢いたい。

あなたに逢いに駆けていきたい。

そのあとはどうなるか分からない。

その会場で徳間がそこにいた。

「沙江子、久しぶり。来てくれてありがとう」

「うん」

少し白髪まじりの優しい徳間に、

「君もね」

二人の間では時間がストップしていると沙江子は思った。

「仲間と二次会に行くけど、沙江子も飲んでいける？　帰りは一緒に車で送ってあげるよ」

「……ありがとう」

沙江子の一方通行だと気づいた。

十三歳からの沙江子の恋は一方通行だったんだ。

呼吸が止まりそうだった。

「私はすぐ近くのホテルに予約取っているから」

「そうか、家遠いんだったね」

同期会が終わった。

皆は、それぞれの家族の迎えで別れた。

徳間は後ろを振り返ることなく沙江子に背中を向けた。

徳間の背中は小さく震えていた。

大粒の涙が後から後から流れている。

沙江子は一人でタクシーに乗り込んだ。

沙江子もまた涙がやむことはなかった。

徳間も沙江子もどうしようもなかったんだ、十三歳からの恋は、あれ以上の表現はできなかったと悔やんだ。もっと積極的に話をしても同期生からいじめられる。

二人共気を使う毎日だったんだ。

徳間は途中で知り合いの所へ行くからと告げ、仲間と別れた。

そして沙江子にメールを入れた。

「これからあなたに逢いに行く」

青い草原

青い草原

姉に女の子が産まれた。

可愛い可愛いぷくぷくした女の子。

でも背中の下、お尻の所に青い痣《あざ》が付いている。結構大きい斑点。

姉に聞いた。

「青い斑点が付いちゃってるね。痣なの？」

「あっこれ。これは蒙古斑。蒙古人の標《しるし》。夕美《ゆみ》にも付いてたよ。大きくなると消えるのよ」

不思議な標である。

それが私にもあったなんて……。

「えっ、私蒙古から来たの？　フビライハンの子孫なの？　嘘、イヤだ。戦ってばかりいた人たちでしょ」

日本は鎌倉時代中期、モンゴル高原と中国大陸を中心に支配していたモンゴル帝国。日本侵攻した。一度目は一二七四年の文永の役、二度目は弘安の役、一二八一年にも襲来している。

北条時宗さんたちと戦うなんて勝てるわけないじゃん。

でも、と夕美は思った。


爺ちゃんは木こりで山奥まで木を切りに行ってた人。目がキツく鋭い。

熊と戦わなければ山からは帰ることはできない。だから脇差しを持ち鉄砲を持ち山に入る。背中にはキツネの毛皮でできた袖なしの羽織。この爺ちゃんに睨まれると見動きができない。だから夕美は爺ちゃんの家に行くと家の中にいられず、外で遊び回り爺ちゃんの視界から消えるようにしていた。

「夕美は元気だね。よし今日は熊鍋のご馳走にするぞ」

夕美は、元気に走り回らなきゃ良かったと後悔した。

「えー」

小さい頃から熊鍋、鹿鍋、それからなんとか鍋という聞いただけで身震いする鍋に悩まされていた。

バンビの本や金太郎に出てくる絵本には、可愛い動物の絵が出てくる。

バンビちゃんなどは極め付きの可愛いさで親子で描かれていて超可愛い。そのバンビちゃんを食うなんて、絶対にできない。

無理だ。爺の鍋料理は食えない。食べたくない。

肉を見ると泣きたくなる。

＊

一二三〇年。

「お前は誰だ」

「お前こそ誰だ」

馬に乗って草原を駆け回っている十三歳の少女がいた。

一息付くと馬が喜ぶ。川の水を馬と一緒に飲み馬と川辺で遊ぶ。

十三歳の男の子が声をかけてきた。

十三歳の少女は脇差しに手を置いた。

夕美の先祖、琴《こと》。そして声をかけた男子、寛《ひろ》。琴の家族は日本襲来し東北の山奥に逃げ、ひっそり身を隠し、山あいに田を耕し畑に野菜を作り、川に行くと魚を取る生活をしていた。

寛の先祖はずっと隣村の土地を耕し稲を作り、琴の集落や他の集落と助けあって生きてきた。

寛は琴を見て、女のくせに馬に乗り、刃を持って凄いなと感心した。

「馬に水をやったらすぐ消える。馬を助けてくれ」

琴は言いながら泣いた。

寛は、

「うん、すごいね。馬がりっぱで家に馬がいるなんて」

琴はほっとして「うん」とにっこり笑った。二、三日して琴は馬に乗って草原を走り回っていた。馬はハァハァ呼吸し水を飲みたがっていた。

琴は水を飲ませた。自分も飲んだ。


「お前は誰だ」

寛の声ではなかった。

馬に乗っていた。

「オレは琴、お前こそ誰だ」

琴は脇差しに手を置いた。

相手は、

「うるさい、生意気な奴だ」

「うっ」

侍だった。引っぱたかれ、倒れた。琴は戦う術《すべ》を父から教わっている。

そばにあった木の棒で相手の足を殴った。

「お前、女か?」

「ああそうだ、殺すんだったら殺せ、でも馬は爺が待っている」

「女には用はない」

侍は帰っていった。

琴はくやしくて泣いた。

父親の親蔵《しんぞう》は、馬を動かし餌をやり育てることに精力を使った。琴に乗り回すことを命じ襲われたら馬を逃がせと常日頃伝えていた。侍が来る時間帯を避け、朝早く馬馴らしをし草原を駆け抜けた。

馬を休ませ水を飲ませ自分も飲んでいると、

「琴、琴だろ」

寛がいた。ゲラゲラ笑って言った。

「お前も朝来るのか?」

寛は水を汲んで家まで運んでいた。

「うん、ここには侍が来るから気を付けろ」

「うん分かっている。怖いな」

寛は優しい。琴はうれしくて馬の顔に自分の顔を当て「フフ……」と微笑んだ。

十五歳になって、琴も寛も同じように毎日過ごし毎日帰っていった。

琴の馬乗り名人の噂は隣村まで聞こえていた。そして琴を襲った侍の文太《ぶんた》は立派なお役人になり琴の家まで見回りに来ていた。

文太は父親の親蔵に、

「女に馬の世話をさせるのはもうやめさせて田んぼで働かせなさい」

「へェー。家に男手がないもので、つい世話をさせてしまって、今度からなるべくそうします」

琴は朝、馬を乗りこなし昼から家の手伝いをし過ごしていた。

朝は寛に逢えた。

寛も琴が来るのを楽しみにしていた。

ある日、寛は女と一緒だった。

飲み水を一緒に汲むためだ。

「大丈夫?」

「うん、寛いつもここまで来てたんだ。きれいで冷たくておいしい」

二人の幸せそうで楽しげな声が周りの山々に響き渡る。

琴は寛のそばに行けず少し離れた所から二人の水汲みが終わるまで待っていた。

寛と女は水を汲み帰ろうとする時、琴は二人の横を通り過ぎようとした。

「あっ琴、少し遅かったね。俺はもう帰る」

琴は、

「別にお前と逢うつもりでここまで来たわけじゃない。用が済んだらとっとと帰ったらいい」

何を怒ってんだろう、いつも笑い顔で逢っていたのにと寛は思った。

琴は、目から涙が溢れていた。

分からない、何故目から冷たいものが出てくるのか。

馬を走らせる。

モンゴルの草原にいるように。

琴の知らない地平線。


寛が飛んできて琴に伝えた。

「琴、村に賊が来た。怖かった。お前の村にも行くよ、きっと。逃げろ」

血が着物ににじんでいた。

琴が叫ぶ。

「寛、寛、痛くないの？　どうしよう。寛、寛」

寛の傷に琴の着物の袖を破って当てた。

馬に乗せて自分の家へ連れてきた。

「誰だ？」

親蔵が叫ぶ。

「寛という者です。賊が夜押し寄せて来て、俺の父も母も切られて生きていないと思う。父が隣村に知らせろと俺を逃がすために……切られた。ここにも来る」

「よし、分かった」

村の者全員集めて相談した。

琴が叫んだ。

「馬と人のうんこを合わせて上から蛭《ひる》と蛇を撒き散らしてやる」

親蔵も続けて言った。

「そうだな。刃も槍もなんにもない。ワシらが使っている鍬《くわ》や斧《おの》に血を付けることはできない。まず囲いを作って、その前にも後ろにもうんこを撒く。上から蛭と蛇を撒き散らすぞ」

いい考えだ。皆は牛と馬の糞を集め人糞と一緒に囲いに撒き散らした。

蛭は田んぼにいくらでもいる。山にもいる。蛇は山にいる。

二日後、夜みんなが寝静まる頃賊が押し寄せてきた。

「いいか、なるべくうんこの所へ来たら蛭を流し込む」

父の親蔵を頭《かしら》に男たちが鉢巻きを巻いて「よーし来い！」と叫ぶ。

琴と寛も戦う。刃も槍も鉄砲もない。

自然に育って、自然に帰っていく物を使って戦う。

賊の馬が足を取られて進むことができない。琴の馬が「ヒヒーン」と怒鳴り散らす。

まるで賊の馬たちに命令しているように。

賊が馬から降り泥濘《ぬかるみ》の糞の上を右往左往しているところへ蛭を一斉に上からバラ撒かれた。

賊たちは、

「うわー、なんだこれ。蛭だ蛭だ」

集落の者たちは、

「帰れー。お前たちにやる物なんかネェぞー」

賊は刃を振り回すが却って自分の身が危ないことを知り、さらに糞に足を取られ進めず、なにせ臭い。賊は引き上げていった。

「琴、大丈夫か？　お前臭い」

寛が言う。

「お前こそ臭すぎる」

二人は顔を見合わせてゲラゲラ笑った。

賊は文太に捕まった。

寛と琴はそのまま一緒に暮らした。

寛は米を作るため一生懸命勉強し、琴は相変わらず馬に乗り草原を走り水を飲ませた。

すると寛と水汲みに来た女性が琴のもとに来た。

「あのー寛知りませんか？　お父さんもお母さんも心配している」

「寛は家の村に逃げてきた。あんたは寛となんか約束があるのか？」

「私はあやめ。寛の隣の家に住んでいて、大きくなったら一緒になりたいと思っていた」

琴は大きくうなずいて、

「じゃあオレの馬に乗って。連れていってあげるよ」

二人は寛の所へ行った。

「あやめちゃん大丈夫だったんだ。良かった。みんな散り散りに逃げて無事かどうか心配してた。自分の家へ行ってみたけど誰もいなかった。琴の所で助けてもらった」

あやめは泣きながら、

「寛、帰らないの？」

「うん、ごめん。俺、琴と一緒に働いて一緒に生きてきた。もう俺、琴と別れられない。俺の親にそう伝えてもらいたい」

「うん」

あやめはボロボロ泣いていた。

琴はそれ以上に泣いた。そして寛も泣いた。

そして三年過ぎた。

二人の間に女の子の赤ちゃんが産まれた。

お尻には蒙古斑がしっかり付いていた。

ユイナと名付けた。

ユイナもまた馬に乗り脇差しを持ち草原を走っていた。

寛と琴は「早く帰って来るんだぞー」と見送る。

＊

二〇二〇年。
夕美は十八歳。
爺ちゃんがこのごろ弱くなっていると感じていた。
「爺ちゃん、今日は熊鍋にするよ」
もちろん熊なんていない。鳥肉鍋。
そういうと爺ちゃんが元気になると思った。返事がなかった。
爺ちゃんは馬に跨り草原を走り回っているんだろうか。
琴と寛に逢っているんだろうか。
夕美も死ぬ間際にきっと馬に跨り草原を走っている。
蒙古斑の付いている先祖がちょっぴり好きである。

勇気と知恵を持っている部族。
日本のほとんどの人間は青い蒙古斑を付けて産まれてくるという。
敵も味方もない。
夕美は車の免許を取り車の中で大声出して歌うのである。
岡村孝子の『夢をあきらめないで』を。

やさしいパパとママへの童話

つばめのつっちゃん

春、つばめが巣に帰る。

赤ちゃんが産まれたから。

その中につっちゃんがいた。

「さぁ、みんなお外で練習よ。大きく翼を広げて飛んでみましょう」

つっちゃんは一番下のつばめ。

お姉ちゃんもお兄ちゃんも元気に巣から出ていく。

「つっちゃん、パパもママも付いてるから大丈夫よ」

「うん」

つっちゃんは飛べなくてコンクリートの道路へ真っ逆さま。

「ママ、痛いよ。あついよ、たすけて」

つっちゃんは、エーンエーンと鳴いている。

ママつばめとパパつばめは、悲しそうにつっちゃんの上をぐるぐる回っているだけ。

そこへ近くに住んでいた花子《はなこ》さんが、

「まぁ、つばめの子供だわ。暑かったでしょ。可哀相に」

そう言ってお家の中へ連れていってしまった。パパつばめとママつばめは、お家の回りをぐるぐる飛んで、

「つっちゃーん。つっちゃーん」

と叫んでいる。

花子さんが気づいた。

「つっちゃん、パパとママが心配して迎えに来たわよ。大丈夫ね。つっちゃん元気になったね」

花子さんは、つっちゃんが泣いていたコンクリートの道路の上にそっと置いてあげた。

それを見ていたママつばめは、つっちゃんに近づいて、

「さぁ、つっちゃん、もうあなたは飛べるのよ。パパとお姉ちゃんとお兄ちゃんがお

空で待っているわ」

ママつばめは、つっちゃんのお尻をそっとそっと優しくチョンチョンと押してあげた。

するとどうでしょう。

つっちゃんは、勢いよくまるでジェット機のようにすぅーっと飛んでいくではありませんか。

つっちゃんを待っていたパパつばめとママつばめは、大空をぐるぐる回って花子さんの家の上をみんなでぐるぐる回り始めた。

「つっちゃん、良かったね。また遊びに来てよ。待ってるよ。待ってるよ」

そう叫ぶと大きな涙がポタリポタリ落ちて、花子さんもまたぐるぐる回り始めた。

パパとママのごめんね

ともちゃんが泣いています。

パパが、

「ともちゃん、よしよし」

と言ってだっこしました。


ともちゃんがお腹を空かせて泣いています。

パパが、

「ともちゃん、よしよし」

とだっこしました。


ともちゃんがおしっこしたいと泣いています。

パパが、

「ともちゃん、よしよし」

とだっこしました。

パパは、ともちゃんが何をどうしたいのか、
分からなくてだっこしてしまいます。
でも、もうパパは分かってしまいました。

ともちゃんがママを見て泣いています。

パパが、

「ともちゃん、おなか空いちゃったんだね」

「はい、ママ、ともちゃんにミルクだね」

ママは、にこにこして言いました。

「ともちゃん、ごめんね。パパ分からなかったね」

ともちゃんは、にこにこしてミルクを飲んでいます。
ともちゃんがお友達のおもちゃを見て泣いています。
パパが、
「ともちゃんもあのおもちゃ欲しいの？
今日はお店終わっちゃったからあした買おうね。今日はこれでがまんね」
ともちゃんは、にこにこして自分のおもちゃで遊び始めました。

ともちゃんがお尻モジモジして泣いています。
パパが、
「ともちゃん、もう分かったよ。おしっこ、おしっこね」
とトイレに走って行きました。
ともちゃんもにこにこしておしっこいっぱいしました。
ママもにこにこ顔でともちゃんを待っていました。

あとがき

私が教職課程で、ある中学の教職に付いた時女子生徒から手紙を頂きました。内容は「私は、同じクラスのある男子生徒と文通しています。もうお互いの気持ちは、分かっています。文通していると、とても毎日が楽しくてこれからも続けていきたいと思っています。でも勉強も大事だと思います。それで二人で止めようかと悩んでいます。先生だったらどうしますか？」

正直、勉強が大事よ。男女交際なんぞ面倒だよと思いましたがこう言いました。

「今の気持ちって大事だと思うよ。人を好きになるなんてすばらしい」

と。

若くて彼がいて、それでも声をかけられた時代です。年を重ねて白髪が増えしわが目立つ今だから青い草原が書けるのです。

この㈠「空には涙桜が」と㈡「青い草原」は二つで一つの小説です。決して人の生き様を否定するものではありません。

しかしながら恋愛は、素直であるべきで、経済的なこともそうですが、相手に自分と同じ愛情を持っている人がいても遠慮することはないと伝えています。自分の意志を自分の言葉で伝えるのです。そして暴力のあとには、悲しみと相手を否定してしまうことが発生してしまいます。

青い草原のすっきりとした物語を贈ることで私が言いたいすべてを書き込みました。岡村孝子の歌詞に「似てる誰かを愛せるから」というくだりは、本心です。

河村　優々

著者プロフィール

河村 優々（かわむら ゆゆ）

神奈川県在住。
秋田県立湯沢北高校卒業、音楽短大ピアノ科卒業
楽器店所属のピアノ講師を務め、42歳から介護職に就く。

空には涙桜が

2021年２月15日　初版第１刷発行

著　者　河村 優々
発行者　瓜谷 綱延
発行所　株式会社文芸社
〒160-0022　東京都新宿区新宿1－10－1
電話　03-5369-3060（代表）
03-5369-2299（販売）

印刷所　神谷印刷株式会社

ISBN978-4-286-22453--4